SIETE
toneladas
y media
DE ACERO

Janet Nolan

Ilustrado por
Thomas Gonzalez

LECTORUM
PUBLICATIONS, INC.

HAY UN BUQUE, un buque de la Armada. Se llama el USS New York. Es grande como otros buques de la Armada, navega como otros buques de la Armada, pero hay algo diferente, algo especial acerca del USS New York.

El 11 de septiembre de 2001, nubes de humo llenaron el cielo azul. Las torres del World Trade Center se derrumbaron. Casi tres mil personas perdieron la vida.

En los días posteriores a la caída de las torres, la gente llevó flores y fotografías, muñecos de peluche y dibujos hechos con crayones. Encendieron velas y dejaron notas escritas a mano para decorar el lugar que ahora se conoce como Zona Cero.

Durante semanas y meses, la gente se dedicó a sacar el metal y la piedra de la Zona Cero. Un camión llevó una viga de acero desde Nueva York hasta una planta de fundición en Luisiana.

Los trabajadores calentaron la viga a una temperatura muy, muy alta. El acero se derritió y se convirtió en líquido. El metal fundido, naranja brillante y rojo fuego, fue vaciado en un molde. Demoró cuatro días en enfriarse.

Siete toneladas y media de acero,
que alguna vez fueron una viga
del World Trade Center, eran
ahora el bulbo de proa de un
buque de la Armada. Limadores,
soldadores, pintores y pulidores
trabajaron en él por meses.

Lo que una vez fue una viga, era ahora un bulbo de proa que fue llevado a un astillero en la ciudad de Nueva Orleans. Constructores de buques, ingenieros, electricistas, mecánicos, soldadores, carpinteros, pintores y plomeros trabajaron unidos para construir el USS New York.

Llegó el momento de instalar el bulbo de proa.

Los constructores dejaron su trabajo y vinieron a mirar. Cubiertas con la bandera de Estados Unidos, siete toneladas y media de acero fueron levantadas por una grúa y soldadas en su sitio en el USS New York.

Se construyó Kamp Katrina.

Ahora los trabajadores tenían un lugar donde vivir. Podrían continuar construyendo el buque.

Finalmente, el USS New York fue terminado. Pero el grandioso buque aún permanecía en tierra firme.

Pulgada a pulgada, usando deslizadores, grasa y elevadores hidráulicos, el buque fue puesto en el agua. Era el objeto más grande en movimiento sobre la Tierra ese día.

El buque navegó río abajo por el Misisipi hasta el golfo de México y de ahí, a las aguas del océano Atlántico.

El USS New York se dirigía a casa.

El USS New York pasó navegando por la Estatua de la Libertad y se detuvo frente a la Zona Cero, el sitio donde una vez se elevaron las torres del World Trade Center. Había silencio en el agua. Había silencio en tierra firme.

El silencio fue interrumpido por una salva de veintiún disparos.

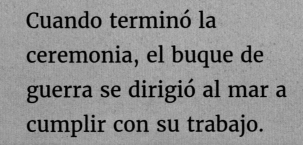

Cuando terminó la ceremonia, el buque de guerra se dirigió al mar a cumplir con su trabajo.

El 11 de septiembre de 2011, en el décimo aniversario de la destrucción de las torres del World Trade Center, el USS New York regresó a casa. Hombres y mujeres de las fuerzas militares de los Estados Unidos estaban en la cubierta del barco. Personas de todo el país y del mundo entero vinieron a ver el buque que llevaba el emblema "Nunca olvidaremos".

El USS New York es parte de la historia de los Estados Unidos. Dondequiera que navegue, su bulbo de proa corta las aguas.

Siete toneladas y media de acero marcan el camino.

Más acerca del USS New York

El USS New York fue construido para llevar hasta 360 marineros de la Armada de los Estados Unidos y de 700 a 800 tropas del Cuerpo de Marines, su equipo y su alimento.

El USS New York también se conoce como LPD 21. LPD son las iniciales de Plataforma/Muelle de Aterrizaje, en inglés. El USS New York es el LPD número 21 de la flota naviera.

Dentro del buque hay un restaurante llamado Skyline Café, que era el nombre de un restaurante que estaba ubicado en el piso 107 del World Trade Center.

LONGITUD:	684 pies
PESO:	25.000 toneladas
CONTIENE:	500 millas de cable eléctrico, 315 toneladas de pintura, 60 millas de tuberías
VELOCIDAD:	Hasta 22 nudos (cerca de 25 millas por hora)
LEMA:	"Fortaleza forjada a través del sacrificio. Nunca olvidaremos". En el escudo se resume en "Nunca olvidaremos".

El escudo del **USS New York**

El escudo tiene tres colores

★ Azul oscuro y dorado: el mar y la excelencia (colores de la Armada)

★ Rojo: sacrificio y valor

★ Blanco: pureza de propósito

En el escudo, se encuentran los siguientes elementos que representan

★ El borde azul: el sello del estado de Nueva York

★ Los rayos del sol: la Estatua de la Libertad

★ Montaña y lago, rodeados de hojas de arce: el estado de Nueva York

★ Espadas cruzadas: la Armada y el Cuerpo de Marines

★ Barras grises: las Torres Gemelas

★ Chebrón gris: la proa del barco. Este intersecta las dos barras grises para indicar que la proa del barco incorpora acero del World Trade Center

★ Tres estrellas: estrellas de batalla ganadas por un USS New York anterior, durante la Segunda Guerra Mundial

★ Fénix: la esperanza y la determinación del país. En el escudo sobre el pecho del fénix:

- Línea roja: el departamento de bomberos de la ciudad de Nueva York

- Línea azul oscuro: el departamento de policía de la ciudad de Nueva York

- Línea azul claro: la Autoridad Portuaria de Nueva York y Nueva Jersey

- Gotas rojas: sangre y sacrificio

LECTORUM
PUBLICATIONS, INC.

SIETE TONELADAS Y MEDIA DE ACERO
First published in the United States under the title:
Seven and a Half Tons of Steel

Text©2016 by Janet Nolan
Illustrations©2016 by Thomas Gonzalez
Spanish edition copyright ©2017 by Lectorum Publications, Inc.
Translated by Alex and Elisa Correa.
Published by arrangement with Peachtree Publishers.

Illustrations created in pastel, colored pencil, and watercolor on
archival 100% rag watercolor paper. Title created with Pilsen
Plaket by Dieter Steffmann for Typographer Mediengestaltung,
2000; text typeset in ITC Bookman by Ed Benguiat for
International Typeface Corporation.

Title, Book, and cover designed by Thomas E. Gonzalez;
Composition by Loraine M. Joyner

Library of Congress Cataloging-in-Publication Data

Names: Nolan, Janet, author. | Gonzalez, Thomas, 1959-
   illustrator. | Correa, Alex, translator. | Correa, Elisa,
   translator.
Title: Siete toneladas y media de acero / Janet Nolan ; ilustrado
   por Thomas Gonzalez ; traducido por Alex y Elisa Correa.
Other titles: Seven and a half tons of steel. Spanish
Description: Lyndhurst, NJ : Lectorum Publications, Inc., [2017]
   | Audience: Ages 6-10. | Audience: Grades K-3.
Identifiers: LCCN 2016054738 | ISBN 9781632456489
Subjects: LCSH: New York (Amphibious transport dock :
   LPD-21)--Juvenile literature. | September 11 Terrorist
   Attacks, 2001--Influence--Juvenile literature.
Classification: LCC VA65.N616 N6518 2017 | DDC 623.825/6--
   dc23 LC record available at https://lccn.loc.gov/2016054738

Lectorum ISBN: 978-1-63245-648-9
Printed in Malaysia
10 9 8 7 6 5 4 3 2 1

Para los hombres y mujeres que
construyeron el USS New York y
que sirven en él

—J. N.

Quisiera dedicar mi trabajo a mi
familia, a nuestros padres de la patria
y a todos los que perecieron en los
atentados del 11 de septiembre de 2001

—T. G.